GITANJALI

संस्कृतम्
PUBLICATION

Título: Gitanjali
Traducido por: संस्कृतम् Publicación
Texto original/Autor: Rabindranath Tagore
Año de publicación: 2024
Editor: संस्कृतम् Publicación

Primera edición

ISBN-13: 978-93-48535-08-5

Diseño de portada por: संस्कृतम् Publicación

INTRODUCCIÓN

Gitanjali es una colección de poemas en bengalí escritos por el famoso poeta y filósofo indio Rabindranath Tagore. Publicado por primera vez en 1910, Gitanjali es una de las obras más conocidas y respetadas de Tagore, y se ha traducido a numerosos idiomas, incluido el inglés.

El título "Gitanjali" se traduce al español como "Ofrenda de canciones", y los poemas en la colección son una expresión poética de la devoción y la espiritualidad del autor. La poesía de Tagore se caracteriza por su lirismo y su capacidad para capturar la belleza y la profundidad de la vida humana y la naturaleza.

Gitanjali fue un éxito inmediato, y Tagore recibió el Premio Nobel de Literatura en 1913 en reconocimiento a su trabajo en la poesía lírica, especialmente en Gitanjali. La obra sigue siendo un clásico de la literatura india y ha inspirado a generaciones de poetas y lectores en todo el mundo.

ACERCA DEL AUTOR

Gitanjali es una colección de poemas escritos por el famoso poeta bengalí Rabindranath Tagore. Los poemas tratan sobre temas espirituales y filosóficos, y son considerados algunos de los mejores ejemplos de poesía en idioma bengalí.

Rabindranath Tagore fue un poeta, novelista, músico y dramaturgo indio que vivió entre 1861 y 1941. Es conocido por su obra literaria, que abarca una amplia variedad de temas y géneros. También fue un activista social y político, y recibió el Premio Nobel de Literatura en 1913.

Gitanjali es una de las obras más importantes de Tagore. Fue publicada por primera vez en 1910, y ha sido traducida a muchos idiomas diferentes. La colección incluye 103 poemas que se centran en temas como la espiritualidad, la naturaleza, el amor y la muerte.

Los poemas de Gitanjali son muy populares en la India y en todo el mundo, y se han utilizado en muchas ocasiones en obras de teatro, películas y música. La poesía de Tagore es muy emocional y se centra en la conexión entre el ser humano y la naturaleza.

En resumen, Gitanjali es una obra literaria importante y conmovedora escrita por Rabindranath Tagore. Su poesía ha sido admirada por muchas personas de diferentes culturas y ha tenido un impacto significativo en la literatura mundial.

GITANJALI

1.
Tú me has hecho interminable, tal es tu complacencia. Esta frágil vasija vacías una y otra vez, y la llenas siempre de vida fresca.

Esta pequeña flauta de caña has llevado por colinas y valles, y has soplado a través de ella melodías eternamente nuevas.

Ante el toque inmortal de tus manos, mi pequeño corazón pierde sus límites en la alegría y da a luz expresiones inefables.

Tus infinitos dones me llegan sólo en estas pequeñísimas manos mías. Pasan los siglos, y aún te derramas, y aún hay lugar que llenar.

2.
Cuando me mandas cantar, parece que mi corazón se rompe de orgullo; y miro tu rostro, y las lágrimas acuden a mis ojos.

Todo lo que es áspero y disonante en mi vida se funde en una dulce armonía, y mi adoración despliega alas como un pájaro alegre en su vuelo a través del mar.

Sé que te complace mi canto. Sé que sólo como cantor llego ante tu presencia.

Toco con el borde del ala lejana de mi canto tus pies que nunca pude aspirar a alcanzar.

Embriagado por la alegría del canto me olvido de mí mismo y te llamo amigo que eres mi señor.

3.

No sé cómo cantas, maestro mío. Siempre escucho en silencio asombrado.

La luz de tu música ilumina el mundo. El aliento vital de tu música corre de cielo a cielo. La santa corriente de tu música atraviesa todos los obstáculos y se precipita.

Mi corazón anhela unirse a tu canto, pero en vano lucha por tener voz. Quisiera hablar, pero el habla no se convierte en canto, y grito desconcertado. ¡Ah, has hecho cautivo mi corazón en las infinitas mallas de tu música, maestro mío!

4.

Vida de mi vida, siempre intentaré mantener mi cuerpo puro, sabiendo que tu toque vivo está en todos mis miembros.

Intentaré siempre alejar toda falsedad de mis pensamientos, sabiendo que tú eres esa verdad que ha encendido la luz de la razón en mi mente.

Intentaré siempre alejar todos los males de mi corazón y mantener mi amor en flor, sabiendo que tú tienes tu sede en el santuario más íntimo de mi corazón.

Y será mi empeño revelarte en mis acciones, sabiendo que es tu poder el que me da fuerza para actuar.

5.
Te pido un momento de indulgencia para sentarme a tu lado. Las obras que tengo entre manos las terminaré después.

Lejos de la vista de tu rostro, mi corazón no conoce el descanso ni la tregua, y mi trabajo se convierte en una fatiga interminable en un mar de trabajo sin orillas.

Hoy el verano ha llegado a mi ventana con sus suspiros y murmullos; y las abejas están tocando su juglaría en el patio de la arboleda en flor.

Ahora es tiempo de sentarme tranquilo, cara a cara contigo, y cantar la dedicación de la vida en este ocio silencioso y desbordante.

6.
Arranca esta florecilla y cógela, ¡no tardes! Temo que se marchite y caiga en el polvo.

Puede que no encuentre un lugar en tu guirnalda, pero hónrala con un toque de dolor de tu mano y arráncala. Temo que el día termine antes de que me dé cuenta, y pase el tiempo de la ofrenda.

Aunque su color no sea profundo y su olor sea tenue, usa esta flor en tu servicio y cógela mientras haya tiempo.

7.
Mi canción se ha despojado de sus adornos. No se enorgullece del vestido ni de la decoración. Los adornos estropearían nuestra unión; se interpondrían entre tú y yo; su tintineo ahogaría tus susurros.

Mi vanidad de poeta muere de vergüenza ante tu vista. Oh maestro poeta, me he sentado a tus pies. Sólo déjame hacer mi vida sencilla y recta, como una flauta de caña para que tú la llenes de música.

8.
El niño que se engalana con ropas de príncipe y que lleva cadenas enjoyadas al cuello pierde todo placer en su juego; su vestido le estorba a cada paso.

Por miedo a que se deshilache o se manche de polvo, se aleja del mundo y teme incluso moverse.

Madre, no es ninguna ganancia, tu esclavitud de las galas, si te mantiene alejado del saludable polvo de la tierra, si te roba el derecho de entrada a la gran feria de la vida humana común.

9. ¡Oh Necio, trata de cargarte sobre tus propios hombros! 10. ¡Oh mendigo, que vengas a mendigar a tu propia puerta!

Deja todas tus cargas en sus manos, que pueden soportarlo todo, y nunca mires atrás con pesar.

Tu deseo apaga enseguida la luz de la lámpara que toca con su aliento. Es profano; no recibas tus dones a través de sus manos impuras. Acepta sólo lo que te ofrece el amor sagrado.

10.

Aquí está el estrado de tus pies y allí descansan tus pies donde viven los más pobres, los más humildes y los perdidos.

Cuando intento inclinarme ante ti, mi pleitesía no puede llegar hasta la profundidad donde descansan tus pies entre los más pobres, humildes y perdidos.

El orgullo nunca puede acercarse a donde tú caminas con las ropas de los humildes entre los más pobres, los más humildes y los perdidos.

Mi corazón nunca podrá encontrar el camino hacia donde tú haces compañía a los que no tienen compañía entre los más pobres, los más humildes y los perdidos.

11.
¡Deja este canto y este cantar y este contar cuentas! ¿A quién adoras en este solitario y oscuro rincón de un templo con las puertas cerradas? Abre los ojos y mira que tu Dios no está ante ti.

Él está allí donde el labrador labra la dura tierra y donde el hacedor de caminos rompe las piedras. Él está con ellos bajo el sol y bajo la lluvia, y su manto está cubierto de polvo. Ponte tu santo manto y desciende como él sobre el suelo polvoriento.

¿Libertad? ¿Dónde se encuentra esta liberación? Nuestro maestro mismo ha tomado alegremente sobre sí los lazos de la creación; está ligado a todos nosotros para siempre.

Sal de tus meditaciones y deja a un lado tus flores y tu incienso. ¿Qué hay de malo si tus ropas se hacen jirones y se manchan? Sal a su encuentro y permanece junto a él en el trabajo y con el sudor de tu frente.

12.
El tiempo que dura mi viaje es largo y largo el camino de él.

Salí en el carro del primer destello de luz, y proseguí mi viaje a través de los páramos de los mundos dejando mi huella en muchas estrellas y planetas.

Es el curso más distante el que más se acerca a ti mismo, y ese entrenamiento es el más intrincado que conduce a la simplicidad total de una melodía.

El viajero tiene que llamar a todas las puertas ajenas para llegar a la suya, y uno tiene que vagar por todos los mundos exteriores para alcanzar el santuario interior al final.

Mis ojos se desviaron a lo largo y ancho antes de cerrarlos y decir "¡Aquí estás tú!".

La pregunta y el grito "Oh, ¿dónde?" se funden en lágrimas de mil arroyos y anegan el mundo con la inundación de la certeza "¡Yo soy!"

13.
La canción que vine a cantar permanece sin cantar hasta el día de hoy.

He pasado mis días encordando y desencordando mi instrumento.

El tiempo no se ha cumplido, las palabras no se han puesto correctamente; sólo queda la agonía de desear en mi corazón.

La flor no se ha abierto; sólo suspira el viento.

No he visto su rostro, ni he escuchado su voz; sólo he oído sus suaves pasos desde el camino ante mi casa.

He pasado todo el día extendiendo su asiento en el suelo; pero la lámpara no se ha encendido y no puedo invitarle a entrar en mi casa.

Vivo con la esperanza de encontrarme con él; pero este encuentro aún no se ha producido.

14.
Mis deseos son muchos y mi clamor lastimoso, pero siempre me has salvado con duros rechazos; y esta fuerte misericordia se ha forjado en mi vida de principio a fin.

Día tras día me haces digno de los sencillos y grandes dones que me diste sin pedírtelos -este cielo y la luz, este cuerpo y la vida y la mente-, salvándome de los peligros de un deseo excesivo.

Hay momentos en que me demoro lánguidamente y otros en que despierto y me apresuro en busca de mi meta; pero cruelmente te ocultas ante mí.

Día tras día me haces digno de tu plena aceptación negándome siempre, salvándome de los peligros de un deseo débil e incierto.

15.
Estoy aquí para cantarte canciones. En este salón tuyo tengo un asiento en un rincón.

En tu mundo no tengo trabajo que hacer; mi vida inútil sólo puede estallar en melodías sin un propósito.

Cuando llegue la hora de tu adoración silenciosa en el templo oscuro de la medianoche, ordéname, mi amo, que me ponga de pie ante ti para cantar.

Cuando en el aire de la mañana se afine el arpa de oro, hónrame, ordenando mi presencia.

16.
He tenido mi invitación al festival de este mundo, y así mi vida ha sido bendecida. Mis ojos han visto y mis oídos han oído.

Era mi parte en esta fiesta tocar mi instrumento, y he hecho todo lo que he podido.

Ahora, pregunto, ¿ha llegado por fin el momento en que pueda entrar y ver tu rostro y ofrecerte mi saludo silencioso?

17.
Sólo espero el amor para entregarme por fin en sus manos. Por eso es tan tarde y por eso he sido culpable de tantas omisiones.

Vienen con sus leyes y sus códigos a atarme; pero yo los evado siempre, pues sólo espero el amor para entregarme al fin en sus manos.

La gente me reprocha y me llama desatento; no dudo que tengan razón en su reproche.

El día de mercado ha terminado y todo el trabajo está hecho para los ocupados. Los que vinieron a llamarme en vano se han vuelto enojados. Sólo espero el amor para entregarme por fin en sus manos.

18.
Las nubes se amontonan sobre las nubes y se oscurece. Ah, amor, ¿por qué me dejas esperar solo en la puerta?

En los ajetreados momentos del trabajo de mediodía estoy con la multitud, pero en este oscuro día solitario sólo te espero a ti.

Si no me muestras tu rostro, si me dejas totalmente de lado, no sé cómo voy a pasar estas largas y lluviosas horas.

Sigo contemplando la lejana penumbra del cielo, y mi corazón vaga lamentándose con el viento inquieto.

19.

Si no hablas, llenaré mi corazón con tu silencio y lo soportaré. Me quedaré quieto y esperaré como la noche con la vigilia estrellada y su cabeza inclinada con paciencia.

Seguramente llegará la mañana, desaparecerán las tinieblas y tu voz se derramará en torrentes de oro que irrumpirán en el cielo.

Entonces tus palabras alzarán el vuelo en cantos desde cada uno de los nidos de mis pájaros, y tus melodías brotarán en flores en todos los bosques de mis arboledas.

20.

El día en que floreció el loto, por desgracia, mi mente estaba extraviada, y yo no lo sabía. Mi cesta estaba vacía y la flor permanecía desatendida.

Sólo de vez en cuando una tristeza caía sobre mí, y me levantaba de mi sueño y sentía el dulce rastro de una extraña fragancia en el viento del sur.

Aquella vaga dulzura hizo que me doliera el corazón de anhelo y me pareció que era el aliento ansioso del verano que buscaba su culminación.

No sabía entonces que estaba tan cerca, que era mío, y que esta dulzura perfecta había florecido en lo más profundo de mi propio corazón.

21.
Debo botar mi barca. Pasan las horas lánguidas en la orilla: ¡Alas para mí!

La primavera ha florecido y se ha ido. Y ahora, con la carga de flores marchitas y fútiles, espero y me entretengo.

Las olas se han vuelto clamorosas, y en la orilla del sombreado sendero las hojas amarillas revolotean y caen.

¡Qué vacío contemplas! ¿No sientes un estremecimiento que recorre el aire con las notas de la lejana canción que flota desde la otra orilla?

22.
En las sombras profundas del lluvioso julio, con pasos secretos, caminas, silencioso como la noche, eludiendo a todos los observadores.

Hoy la mañana ha cerrado sus ojos, desoyendo las insistentes llamadas del fuerte viento de levante, y un espeso velo se ha corrido sobre el siempre despierto cielo azul.

Los bosques han acallado sus cantos, y las puertas de todas las casas están cerradas. Tú eres el caminante solitario en esta calle desierta. Oh, mi único amigo, mi mejor amado, las puertas de mi casa están abiertas; no pases de largo como un sueño.

23.
¿Estás en el extranjero en esta noche tormentosa en tu viaje de amor, amigo mío? El cielo gime como uno desesperado.

Esta noche no duermo. Una y otra vez abro mi puerta y miro hacia la oscuridad, amigo mío.

No veo nada ante mí. Me pregunto dónde está tu camino.

¿Por qué oscura orilla del río negro como la tinta, por qué lejana linde del fruncido bosque, a través de qué laberíntica profundidad de tinieblas enhebras tu curso para venir a mí, amigo mío?

24.
Si el día ha terminado, si los pájaros ya no cantan, si el viento se ha cansado, corre el velo de la oscuridad sobre mí, como has envuelto la tierra con el manto del sueño y cerrado tiernamente los pétalos del loto al atardecer.

Del viajero, cuyo saco de provisiones está vacío antes de terminar el viaje, cuyo vestido está roto y cargado de polvo, cuyas fuerzas están agotadas, quita la vergüenza y la pobreza, y renueva su vida como una flor bajo el manto de tu noche bondadosa.

25.
En la noche del cansancio, déjame entregarme al sueño sin luchar, confiando en ti.

No permitas que obligue a mi espíritu desfalleciente a una pobre preparación para tu culto.

Eres tú quien descorre el velo de la noche sobre los cansados ojos del día para renovar su vista en una más fresca alegría de despertar.

26.
Vino y se sentó a mi lado, pero no desperté. Qué sueño tan maldito fue, ¡oh miserable de mí!

Vino cuando la noche estaba en calma; tenía su arpa en las manos, y mis sueños resonaban con sus melodías.

¿Por qué se pierden así todas mis noches? Ah, ¿por qué añoro siempre su vista cuyo aliento toca mi sueño?

27.
Luz, ¿dónde está la luz? Enciéndela con el fuego ardiente del deseo.

Hay una lámpara, pero ni una llama parpadea, ¿es ese tu destino, corazón mío? ¡Ah, la muerte sería mucho mejor para ti!

La miseria llama a tu puerta, y su mensaje es que tu señor está despierto, y te llama a la prueba del amor a través de la oscuridad de la noche.

El cielo está cubierto de nubes y la lluvia es incesante. No sé qué es esto que se agita en mí, no conozco su significado.

El relámpago de un momento arrastra una oscuridad más profunda sobre mi vista, y mi corazón busca a tientas el camino hacia donde la música de la noche me llama.

Luz, ¡oh, dónde está la luz! Enciéndela con el fuego ardiente del deseo. Truena y el viento se precipita gritando por el vacío. La noche es negra como una piedra negra. No dejes que las horas pasen en la oscuridad. Enciende la lámpara del amor con tu vida.

28.
Obstinados son los grilletes, pero me duele el corazón cuando intento romperlos.

Libertad es todo lo que quiero, pero esperarla me avergüenza.

Estoy seguro de que en ti hay riquezas inestimables, y de que eres mi mejor amigo, pero no tengo corazón para barrer el oropel que llena mi habitación.

El sudario que me cubre es un sudario de polvo y muerte; lo odio, y sin embargo lo abrazo con amor.

Mis deudas son grandes, mis fracasos grandes, mi vergüenza secreta y pesada; sin embargo, cuando vengo a pedir por mi bien, tiemblo de miedo de que mi oración sea concedida.

29.
Aquel a quien encierro con mi nombre llora en este calabozo. Siempre estoy ocupado en construir este muro a mi alrededor; y a medida que este muro se eleva hacia el cielo día tras día pierdo de vista mi verdadero ser en su oscura sombra.

Me enorgullezco de este gran muro, y lo revoco con polvo y arena para que no quede el menor agujero en este nombre; y por todo el cuidado que pongo pierdo de vista mi verdadero ser.

30.
Salí solo camino de mi cita. Pero, ¿quién es ese que me sigue en la silenciosa oscuridad?

Me aparto para evitar su presencia, pero no escapo de él.

Hace que el polvo se levante de la tierra con su contoneo; añade su fuerte voz a cada palabra que pronuncio.

Es mi pequeño yo, mi señor, no conoce la vergüenza; pero me avergüenza venir a tu puerta en su compañía.

31.
"Prisionero, dime, ¿quién fue el que te ató?"

"Fue mi amo", dijo el prisionero. "Pensé que podía superar a todos en el mundo en riqueza y poder, y acumulé en mi propio tesoro el dinero que se debía a mi rey. Cuando me venció el sueño, me tumbé en el lecho que era para mi señor, y al despertar descubrí que estaba prisionero en mi propia casa del tesoro."

"Prisionero, dime, ¿quién fue el que forjó esta cadena irrompible?".

"Fui yo", dijo el prisionero, "quien forjó esta cadena con mucho cuidado. Pensaba que mi poder invencible mantendría cautivo al mundo dejándome en una libertad imperturbable. Así, noche y día, trabajé en la cadena con enormes fuegos y crueles y duros golpes. Cuando por fin el trabajo estuvo terminado y los eslabones estaban completos e irrompibles, descubrí que me sujetaba en sus garras."

32.
Por todos los medios tratan de sujetarme quienes me aman en este mundo. Pero es de otro modo con tu amor que es más grande que el de ellos, y tú me mantienes libre.

Para que no los olvide nunca se aventuran a dejarme solo. Pero pasa un día tras otro y no te veo.

Si no te llamo en mis oraciones, si no te guardo en mi corazón, tu amor por mí sigue esperando mi amor.

33.
Cuando se hizo de día entraron en mi casa y dijeron: "Aquí sólo ocuparemos la habitación más pequeña".

Dijeron: "Te ayudaremos en el culto de tu Dios y aceptaremos humildemente sólo nuestra parte en su gracia"; y luego tomaron asiento en un rincón y se sentaron tranquilos y mansos.

Pero en la oscuridad de la noche encuentro que irrumpen en mi sagrado santuario, fuertes y turbulentos, y arrebatan con avidez impía las ofrendas del altar de Dios.

34.
Que sólo quede de mí lo poco por lo que pueda nombrarte mi todo.

Que sólo quede un poco de mi voluntad para que pueda sentirte por todas partes, y llegar a ti en todo, y ofrecerte mi amor en todo momento.

Que sólo quede un poco de mí para que nunca pueda esconderte.

Que sólo quede de mis grilletes ese poco por el que estoy ligado a tu voluntad, y tu propósito se lleva a cabo en mi vida, y ése es el grillete de tu amor.

35.
Donde la mente no tiene miedo y la cabeza se mantiene en alto;

Donde el conocimiento es libre;

Donde el mundo no ha sido roto en fragmentos por estrechos muros domésticos;

Donde las palabras surgen de la profundidad de la verdad;

Donde el esfuerzo incansable extiende sus brazos hacia la perfección;

Donde la clara corriente de la razón no ha perdido su camino en la lúgubre arena del desierto del hábito muerto;

Donde la mente es conducida por ti hacia un pensamiento y una acción cada vez más amplios...

En ese cielo de libertad, Padre mío, deja que mi país despierte.

36.
Esta es mi oración a ti, mi señor: golpea, golpea la raíz de la penuria en mi corazón.

Dame la fuerza ligera para soportar mis alegrías y mis penas.

Dame la fuerza para hacer fructificar mi amor en el servicio.

Dame la fuerza para no repudiar nunca al pobre ni doblar mis rodillas ante el poder insolente.

Dame la fuerza para elevar mi mente por encima de las nimiedades cotidianas.

Y dame la fuerza para entregar con amor mis fuerzas a tu voluntad.

37.
Creía que mi viaje había llegado a su fin en el último límite de mis fuerzas, que el camino ante mí estaba cerrado, que las provisiones se habían agotado y que había llegado el momento de refugiarme en una silenciosa oscuridad.

Pero descubro que tu voluntad no conoce fin en mí. Y cuando las viejas palabras se extinguen en la lengua, nuevas melodías brotan del corazón; y donde se pierden las viejas huellas, se revela un nuevo país con sus maravillas.

38.
Que te quiero a ti, sólo a ti, repite mi corazón sin fin. Todos los deseos que me distraen, día y noche, son falsos y vacíos hasta la médula.

Como la noche mantiene oculta en su penumbra la petición de luz, así también en la profundidad de mi inconsciencia resuena el grito: te quiero a ti, sólo a ti.

Así como la tempestad busca su fin en la paz, cuando golpea la paz con todas sus fuerzas, así mi rebelión golpea tu amor, y su grito sigue siendo: Te quiero a ti, sólo a ti.

39.
Cuando el corazón está duro y reseco, ven sobre mí con una lluvia de misericordia.

Cuando la gracia se pierde de la vida, ven con un estallido de canto.

Cuando el trabajo tumultuoso levanta su estruendo por todas partes cerrándome el paso al más allá, ven a mí, mi señor del silencio, con tu paz y descanso.

Cuando mi mendigo corazón se sienta agazapado, encerrado en un rincón, rompe la puerta, rey mío, y ven con la ceremonia de un rey.

Cuando el deseo ciegue la mente con engaño y polvo, oh santo, tú que despiertas, ven con tu luz y tu trueno.

40.
La lluvia se ha detenido durante días y días, Dios mío, en mi árido corazón. El horizonte está ferozmente desnudo: ni la más delgada cubierta de una suave nube, ni el más vago indicio de un lejano chubasco fresco.

Envía tu furiosa tormenta, oscura de muerte, si es tu deseo, y con latigazos de relámpagos sobresalta el cielo de punta a punta.

Pero vuelve a llamar, mi señor, vuelve a llamar a este penetrante calor silencioso, quieto y agudo y cruel, que quema el corazón con terrible desesperación.

Que la nube de gracia se incline desde arriba como la mirada llorosa de la madre en el día de la ira del padre.

41.
¿Dónde te quedas detrás de todos ellos, mi amante, escondiéndote en las sombras? Te empujan y pasan de largo en el camino polvoriento, tomándote por nada. Espero aquí cansada horas extendiendo mis ofrendas para ti, mientras los transeúntes vienen y se llevan mis flores, una a una, y mi cesta está casi vacía.

Ya ha pasado la mañana, y el mediodía. A la sombra de la tarde mis ojos están adormecidos por el sueño. Los hombres que van a casa me miran y sonríen y me llenan de vergüenza. Me siento como una mendiga, me cubro la cara con la falda, y cuando me preguntan qué es lo que quiero, bajo los ojos y no les contesto.

¿Cómo podría decirles que te espero y que has prometido venir? ¿Cómo podría decir por vergüenza que guardo como dote esta pobreza? Ah, abrazo este orgullo en el secreto de mi corazón.

Me siento en la hierba, contemplo el cielo y sueño con el súbito esplendor de tu venida: todas las luces encendidas, las banderolas doradas ondeando sobre tu coche, y la gente al borde del camino boquiabierta, cuando te vean bajar de tu asiento para levantarme del polvo, y poner a tu lado a esta mendiga harapienta que tiembla de vergüenza y orgullo, como una enredadera en la brisa de verano.

Pero el tiempo pasa y aún no se oyen las ruedas de tu carro. Muchas procesiones pasan con ruido y gritos y glamour de gloria. ¿Sólo tú quieres permanecer en la sombra, en silencio y detrás de todos ellos? ¿Y sólo yo que esperaría y lloraría y desgastaría mi corazón en vano anhelo?

42.

Temprano en el día se susurró que deberíamos navegar en un barco, sólo tú y yo, y nunca un alma en el mundo sabría de esta nuestra peregrinación a ningún país y sin fin.

En ese océano sin orillas, ante tu sonrisa que escucha en silencio, mis canciones se hincharán en melodías, libres como las olas, libres de toda esclavitud de palabras.

¿No ha llegado aún la hora? ¿Queda trabajo por hacer? He aquí que el atardecer ha llegado a la orilla, y a la luz mortecina las aves marinas vuelan a sus nidos.

¿Quién sabe cuándo se soltarán las cadenas, y la barca, como el último destello del ocaso, desaparecerá en la noche?

43.
Hubo un día en que no me mantuve preparado para ti; y entrando en mi corazón sin ser llamado, incluso como uno de la multitud común, desconocido para mí, mi rey, presionaste el sello de la eternidad en muchos momentos fugaces de mi vida.

Y hoy, cuando por casualidad me asomo a ellos y veo tu firma, descubro que han yacido esparcidos en el polvo mezclados con el recuerdo de alegrías y penas de mis triviales días olvidados.

No te apartaste con desprecio de mi juego infantil entre el polvo, y los pasos que oí en mi cuarto de juegos son los mismos que resuenan de estrella en estrella.

44.
Este es mi deleite, así esperar y velar al borde del camino donde la sombra persigue a la luz y la lluvia viene tras la estela del verano.

Los mensajeros, con noticias de cielos desconocidos, me saludan y se apresuran a lo largo del camino. Mi corazón se alegra por dentro, y el aliento de la brisa que pasa es dulce.

Desde el alba hasta el crepúsculo me siento aquí ante mi puerta, y sé que de pronto llegará el momento feliz en que veré.

Mientras tanto sonrío y canto a solas. Mientras tanto el aire se llena del perfume de la promesa.

45.
¿No has oído sus pasos silenciosos? Él viene, viene, siempre viene.

A cada momento y a cada edad, a cada día y a cada noche viene, viene, siempre viene.

Muchas canciones he cantado en muchos estados de ánimo, pero todas sus notas siempre han proclamado: "Él viene, viene, siempre viene".

En los fragantes días del soleado abril por el sendero del bosque él viene, viene, siempre viene.

En la lluviosa penumbra de las noches de julio, en el estruendoso carro de las nubes, él viene, viene, siempre viene.

En la tristeza tras la tristeza son sus pasos los que presionan mi corazón, y es el toque dorado de sus pies el que hace brillar mi alegría.

46.
No sé desde qué tiempo lejano te acercas cada vez más a mi encuentro. Tu sol y tus estrellas nunca podrán ocultarte de mí para siempre.

En muchas mañanas y vísperas se han oído tus pasos y tu mensajero ha entrado en mi corazón y me ha llamado en secreto.

No sé sólo por qué hoy mi vida está toda agitada, y un sentimiento de trémula alegría atraviesa mi corazón.

Es como si hubiera llegado el momento de terminar mi trabajo, y siento en el aire un leve olor de tu dulce presencia.

47.

Casi he pasado la noche esperándole en vano. Temo que por la mañana venga de repente a mi puerta cuando me haya dormido agotado. Oh amigos, dejadle el camino libre, no se lo impidáis.

Si el sonido de sus pasos no me despierta, no intentéis despertarme, os lo ruego. No deseo ser llamado de mi sueño por el coro clamoroso de los pájaros, por el alboroto del viento en el festival de la luz de la mañana. Déjame dormir tranquilo aunque mi señor venga de repente a mi puerta.

Ah, mi sueño, precioso sueño, que sólo espera su toque para desvanecerse. Ah, mis ojos cerrados que sólo abrirán sus párpados a la luz de su sonrisa cuando se presente ante mí como un sueño que emerge de las tinieblas del sueño.

Que aparezca ante mi vista como la primera de todas las luces y de todas las formas. Que el primer estremecimiento de alegría de mi alma despierta provenga de su mirada. Y que mi retorno a mí mismo sea inmediato retorno a él.

48.

El mar de silencio de la mañana se rompió en ondas de cantos de pájaros; y las flores estaban todas alegres al borde del camino; y la riqueza del oro se esparcía a través de la grieta de las nubes mientras nosotros seguíamos afanosamente nuestro camino y no prestábamos atención.

No cantábamos canciones alegres ni jugábamos; no íbamos al pueblo a hacer trueque; no hablábamos ni una palabra ni sonreíamos; no nos entreteníamos en el camino. A medida que pasaba el tiempo, acelerábamos el paso.

El sol se alzaba en medio del cielo y las palomas arrullaban a la sombra. Las hojas marchitas bailaban y giraban en el aire caliente del mediodía. El pastorcillo se adormiló y soñó a la sombra del baniano, y yo me tumbé junto al agua y estiré mis cansados miembros sobre la hierba.

Mis compañeros se rieron de mí con desdén; alzaron la cabeza y se apresuraron a seguir; nunca miraron atrás ni descansaron; desaparecieron en la lejana bruma azul. Cruzaron muchos prados y colinas, y atravesaron países extraños y lejanos. ¡Todo el honor para vosotros, heroica hueste del interminable camino! La burla y el reproche me aguijonearon para que me levantara, pero no hallaron respuesta en mí. Me di por perdido en la profundidad de una alegre humillación, en la sombra de un tenue deleite.

El reposo de la verde penumbra bordada de sol se extendió lentamente sobre mi corazón. Olvidé para qué había viajado, y entregué mi mente sin lucha al laberinto de sombras y canciones.

Por fin, cuando desperté de mi letargo y abrí los ojos, te vi de pie junto a mí, inundando mi sueño con tu sonrisa. ¡Cómo había temido que el camino fuera largo y fatigoso, y dura la lucha para alcanzarte!

49.
Bajaste de tu trono y te paraste a la puerta de mi cabaña.

Yo estaba cantando solo en un rincón, y la melodía te llegó al oído. Bajaste y te paraste a la puerta de mi casa.

En tu salón hay muchos maestros, y allí se cantan canciones a todas horas. Pero el sencillo villancico de esta novicia te enamoró. Una pequeña y lastimera melodía se mezcló con la gran música del mundo, y con una flor como premio bajaste y te detuviste en la puerta de mi cabaña.

50.
Iba yo mendigando de puerta en puerta por el camino de la aldea, cuando tu carroza de oro apareció a lo lejos como un hermoso sueño, y me pregunté quién era ese Rey de todos los reyes.

Mis esperanzas se elevaron y pensé que mis malos días habían llegado a su fin, y me quedé esperando a que me dieran limosna sin pedírmela y a que la riqueza se esparciera por todas partes en el polvo.

El carro se detuvo donde yo estaba. Tu mirada se posó en mí y descendiste con una sonrisa. Sentí que por fin había llegado la suerte de mi vida. Entonces, de repente, extendiste tu mano derecha y dijiste: "¿Qué tienes para darme?".

¡Ah, qué broma de rey era abrir la palma de la mano a un mendigo para que pidiera limosna! Yo estaba confuso y me quedé indeciso, y entonces de mi cartera saqué lentamente el más pequeño grano de maíz y te lo di.

Pero cuán grande fue mi sorpresa cuando al final del día vacié mi bolsa en el suelo y encontré un pequeño gramo de oro entre el pobre montón. Lloré amargamente y deseé haber tenido el corazón para dártelo todo.

51.

La noche se oscureció. Nuestro trabajo del día había terminado. Pensamos que el último huésped había llegado para pasar la noche y las puertas del pueblo estaban todas cerradas. Sólo algunos dijeron que iba a venir el rey. Nos reímos y dijimos: "¡No, no puede ser!".

Parecía que llamaban a la puerta y dijimos que no era más que el viento. Apagamos las lámparas y nos acostamos a dormir. Sólo algunos dijeron: "¡Es el mensajero!". Nos reímos y dijimos: "¡No, debe de ser el viento!".

Llegó un sonido en la oscuridad de la noche. Pensamos soñolientos que era un trueno lejano. La tierra temblaba, las paredes se mecían y nos inquietaba en sueños. Sólo algunos dijeron que era el sonido de las ruedas. Nosotros decíamos en un murmullo somnoliento: "¡No, debe de ser el retumbar de las nubes!".

La noche era aún oscura cuando sonó el tambor. Llegó la voz: "¡Despertad! ¡No os demoréis!". Nos llevamos las manos al corazón y temblamos de miedo. Algunos dijeron: "¡Ahí está la bandera del rey!". Nos pusimos en pie y gritamos: "¡No hay tiempo que perder!".

El rey ha venido, pero ¿dónde están las luces, dónde las coronas? ¿Dónde está el trono para sentarlo? ¡Qué vergüenza! Oh, ¡qué vergüenza! ¿Dónde está el salón, las decoraciones? Alguien ha dicho: "¡Vano es este clamor! Saludadle con las manos vacías, conducidle a vuestras habitaciones desnudas".

¡Abrid las puertas, que suenen las caracolas! En la profundidad de la noche ha llegado el rey de nuestra oscura y lúgubre casa. El trueno ruge en el cielo. La oscuridad se estremece con los relámpagos. Saca tu andrajosa estera y extiéndela en el patio. Con la tormenta ha llegado de repente nuestro rey de la temible noche.

52.

Pensé que debía pedirte -pero no me atreví- la corona de rosas que llevabas al cuello. Así esperé a la mañana, cuando partiste, para encontrar unos fragmentos sobre el lecho. Y como un mendigo busqué en el alba sólo uno o dos pétalos perdidos.

Ah yo, ¿qué es lo que encuentro? ¿Qué señal queda de tu amor? No es una flor, ni especias, ni un jarrón de agua perfumada. Es tu poderosa espada, centelleante como una llama, pesada como un rayo de trueno. La joven luz de la mañana entra por la ventana y se extiende sobre tu lecho. El pájaro de la mañana gorjea y pregunta: "Mujer, ¿qué tienes?". No, no son flores, ni especias, ni un jarrón de agua perfumada: es tu terrible espada.

Me siento y reflexiono maravillada, qué regalo es este tuyo. No encuentro dónde esconderla. Me avergüenzo de llevarla, frágil como soy, y me duele cuando la aprieto contra mi pecho. Sin embargo, llevaré en mi corazón este honor de la carga del dolor, este regalo tuyo.

A partir de ahora no me quedará miedo en este mundo, y tú serás victorioso en todas mis luchas. Tú has dejado la muerte por mi compañero y yo lo coronaré con mi vida. Tu espada está conmigo para cortar mis ataduras, y no me quedará temor en el mundo.

Desde ahora dejo todos los adornos mezquinos. Señor de mi corazón, no habrá más para mí espera y llanto en los rincones, no más timidez y dulzura de conducta. Me has dado tu espada como adorno. ¡No más adornos de muñeca para mí!

53.
Hermosa es tu pulsera, adornada con estrellas y labrada con astucia con joyas de mil colores. Pero más hermosa me parece tu espada con su curva de relámpago como las alas desplegadas del ave divina de Vishnu, perfectamente equilibrada en la furiosa luz roja del atardecer.

Tiembla como la última respuesta de la vida en éxtasis de dolor al golpe final de la muerte; brilla como la llama pura del ser que quema el sentido terrenal con un destello feroz.

Hermosa es tu pulsera, adornada con gemas estrelladas; pero tu espada, oh señor del trueno, está forjada con la mayor belleza, terrible de contemplar o pensar.

54.
No te pedí nada; no pronuncié mi nombre a tus oídos. Cuando te despediste, guardé silencio. Estaba solo junto al pozo, donde la sombra del árbol caía oblicuamente, y las mujeres se habían ido a casa con sus cántaros de barro marrón llenos hasta el borde. Me llamaron y gritaron: "Ven con nosotras, la mañana se está desgastando hasta el mediodía". Pero yo me quedé lánguidamente un rato perdido en medio de vagas cavilaciones.

No oí tus pasos cuando llegabas. Tus ojos estaban tristes cuando se posaron en mí; tu voz estaba cansada cuando dijiste: "Ah, soy un viajero sediento". Me levanté de mis ensoñaciones y vertí agua de mi jarra en tus palmas unidas. Las hojas crujían en lo alto; el cuco cantaba desde la oscuridad invisible, y el perfume de las flores de babla llegaba desde el recodo del camino.

Me quedé mudo de vergüenza cuando preguntaste mi nombre. En efecto, ¿qué había hecho yo por ti para que me recordaras? Pero el recuerdo de que pude darte agua para calmar tu sed se aferrará a mi corazón y lo envolverá en dulzura. La hora de la mañana es tardía, el pájaro canta con notas cansadas, las hojas de neem crujen sobre mi cabeza y me siento y pienso y pienso.

55.
La languidez está sobre tu corazón y el sopor aún sobre tus ojos.

¿No te ha llegado la palabra de que la flor reina esplendorosa entre espinas? Despierta, ¡oh despierta! ¡que el tiempo no pase en vano!

Al final del camino pedregoso, en el país de la soledad virgen, mi amigo está sentado completamente solo. No le engañes. Despierta, ¡oh despierta!

¿Y si el cielo gime y tiembla con el calor del sol de mediodía? ¿Y si la arena ardiente extiende su manto de sed?

¿No hay alegría en lo profundo de tu corazón? A cada pisada tuya, ¿no estallará el arpa del camino en dulce música de dolor?

56.
Así es que tu alegría en mí es tan plena. Por eso has descendido a mí. Señor de todos los cielos, ¿dónde estaría tu amor si yo no estuviera?

Me has tomado como compañero de toda esta riqueza. En mi corazón está el juego sin fin de tu deleite. En mi vida, tu voluntad siempre está tomando forma.

Y por esto, tú que eres el Rey de reyes te has engalanado de belleza para cautivar mi corazón. Y por esto tu amor se pierde en el amor de tu amante, y allí te ves en la perfecta unión de dos.

57.
Luz, mi luz, la luz que llena el mundo, la luz que besa los ojos, la luz que endulza el corazón.

Ah, la luz baila, querida mía, en el centro de mi vida; la luz golpea, querida mía, las cuerdas de mi amor; el cielo se abre, el viento se desata, la risa pasa sobre la tierra.

Las mariposas despliegan sus velas en el mar de luz. Lirios y jazmines surgen en la cresta de las olas de luz.

La luz se hace oro en cada nube, querida mía, y esparce gemas en profusión.

La alegría se extiende de hoja en hoja, querida mía, y la felicidad sin medida. El río del cielo ha desbordado sus orillas y el torrente de la alegría se extiende.

58.
Que todos los acordes de la alegría se mezclen en mi última canción: la alegría que hace que la tierra se desborde en el exceso desenfrenado de la hierba, la alegría que pone a los hermanos gemelos, la vida y la muerte, a bailar sobre el ancho mundo, la alegría que barre con la tempestad, sacudiendo y despertando toda la vida con la risa, la alegría que se queda quieta con sus lágrimas en el loto rojo abierto del dolor, y la alegría que arroja todo lo que tiene sobre el polvo, y no sabe una palabra.

59.
Sí, lo sé, esto no es más que tu amor, oh amada de mi corazón: esta luz dorada que baila sobre las hojas, estas nubes ociosas que navegan por el cielo, esta brisa pasajera que deja su frescor sobre mi frente.

La luz de la mañana ha inundado mis ojos: éste es tu mensaje a mi corazón. Tu rostro se inclina desde lo alto, tus ojos miran mis ojos, y mi corazón ha tocado tus pies.

60.
En la orilla del mar de mundos sin fin se encuentran los niños. El cielo infinito está inmóvil en lo alto y el agua inquieta es bulliciosa. En la orilla del mar de los mundos infinitos los niños se reúnen con gritos y danzas.

Construyen sus casas con arena y juegan con conchas vacías. Con hojas marchitas tejen sus barcas y sonrientes las hacen flotar en las vastas profundidades. Los niños juegan en la orilla de los mundos.

No saben nadar, no saben echar las redes. Los pescadores de perlas bucean en busca de perlas, los mercaderes navegan en sus barcos, mientras que los niños recogen guijarros y los vuelven a esparcir. No buscan tesoros ocultos, no saben echar las redes.

El mar se levanta risueño y pálida brilla la sonrisa de la playa. Las olas mortecinas cantan baladas sin sentido a los niños, como una madre mientras mece la cuna de su bebé. El mar juega con los niños, y pálida resplandece la sonrisa de la playa marina.

En la orilla del mar de mundos sin fin se encuentran los niños. La tempestad vaga por el cielo sin caminos, los barcos naufragan en el agua sin huellas, la muerte está en el exterior y los niños juegan. En la orilla del mar de los mundos sin fin es el gran encuentro de los niños.

61.
El sueño que revolotea en los ojos del bebé, ¿alguien sabe de dónde viene? Sí, se rumorea que tiene su morada allí, en la aldea de las hadas, entre las sombras del bosque tenuemente iluminado con luciérnagas, cuelgan dos tímidos brotes de encanto. De allí viene a besar los ojos del bebé.

La sonrisa que parpadea en los labios del bebé cuando duerme, ¿alguien sabe dónde nació? Sí, se rumorea que un joven rayo pálido de luna creciente tocó el borde de una nube otoñal que se desvanecía, y allí nació por primera vez la sonrisa en el sueño de una mañana bañada de rocío: la sonrisa que parpadea en los labios del bebé cuando duerme.

La dulce y suave frescura que florece en los miembros del bebé: ¿sabe alguien dónde estuvo escondida tanto tiempo? Sí, cuando la madre era una niña yacía impregnando su corazón en el tierno y silencioso misterio del amor: la dulce y suave frescura que ha florecido en los miembros del bebé.

62.
Cuando te traigo juguetes de colores, hijo mío, comprendo por qué hay tantos juegos de colores en las nubes, en el agua, y por qué las flores están pintadas de colores, cuando te doy juguetes de colores, hijo mío.

Cuando canto para hacerte bailar, comprendo por qué hay música en las hojas, y por qué las olas envían su coro de voces al corazón de la tierra que escucha, cuando canto para hacerte bailar.

Cuando traigo cosas dulces a tus manos codiciosas, sé por qué hay miel en el cáliz de las flores y por qué las frutas están secretamente llenas de jugo dulce, cuando traigo cosas dulces a tus manos codiciosas.

Cuando beso tu rostro para hacerte sonreír, querida mía, comprendo con certeza qué placer brota del cielo a la luz de la mañana, y qué delicia es la que trae a mi cuerpo la brisa del verano-cuando te beso para hacerte sonreír.

63.
Tú me has dado a conocer a amigos que yo no conocía. Me has dado asiento en hogares que no eran los míos. Has acercado a los lejanos y hermanado a los extraños.

Me inquieto el corazón cuando tengo que dejar mi refugio acostumbrado; olvido que allí permanece lo viejo en lo nuevo, y que allí también moras tú.

A través del nacimiento y la muerte, en este mundo o en otros, dondequiera que me lleves eres tú, el mismo, el único compañero de mi vida sin tin que siempre une mi corazón con lazos de alegría a lo desconocido.

Cuando uno te conoce, entonces ajeno no hay ninguno, entonces ninguna puerta está cerrada. Oh, concédeme mi oración para que nunca pierda la dicha del toque del uno en el juego de muchos.

64.
En la ladera del río desolado, entre hierbas altas, le pregunté: "Doncella, ¿adónde vas sombreando tu lámpara con tu manto? Mi casa está toda oscura y solitaria, ¡dame tu luz!" Ella levantó un momento sus ojos oscuros y me miró a la cara a través del crepúsculo. "He venido al río", dijo, "para hacer flotar mi lámpara en la corriente cuando la luz del día mengüe en el oeste". Me quedé solo entre las hierbas altas y observé la tímida llama de su lámpara flotando inútilmente en la marea.

En el silencio de la noche le pregunté: "Doncella, tus luces están todas encendidas, ¿entonces adónde vas con tu lámpara? Mi casa está oscura y solitaria, préstame tu luz". Levantó sus ojos oscuros hacia mi rostro y se quedó un momento dudosa. "He venido", dijo al fin, "a dedicar mi lámpara al cielo". Me quedé mirando cómo su luz ardía inútilmente en el vacío.

En la penumbra sin luna de la medianoche le pregunté: "Doncella, ¿cuál es tu búsqueda, sosteniendo la lámpara cerca de tu corazón? Mi casa está toda oscura y solitaria-préstame tu luz". Se detuvo un momento a pensar y me miró a la cara en la oscuridad. "He traído mi luz", dijo, "para unirme al carnaval de lámparas". Me quedé mirando su lamparita perdida inútilmente entre las luces.

65.
¿Qué bebida divina quieres, Dios mío, de esta copa rebosante de mi vida?

Poeta mío, ¿es tu deleite ver tu creación a través de mis ojos y estar a los portales de mis oídos en silencio para escuchar tu propia armonía eterna?

Tu mundo teje palabras en mi mente y tu alegría les añade música. Te entregas a mí con amor y sientes en mí toda tu dulzura.

66.
Aquella que siempre ha permanecido en lo más profundo de mi ser, en el crepúsculo de los destellos y de los vislumbres; aquella que nunca abrió sus velos a la luz de la mañana, será mi último regalo para ti, Dios mío, plegado en mi canto final.

Las palabras la han cortejado, pero no la han conquistado; la persuasión le ha tendido en vano sus ansiosos brazos.

He vagado de país en país manteniéndola en el centro de mi corazón, y alrededor de ella han crecido y decaído el crecimiento y la decadencia de mi vida.

Sobre mis pensamientos y mis acciones, mis sueños y mis duermevelas, ella ha reinado, pero ha vivido sola y apartada.

Muchos hombres llamaron a mi puerta y preguntaron por ella, pero se volvieron desesperados.

No hubo nadie en el mundo que la viera cara a cara, y ella permaneció en su soledad esperando tu reconocimiento.

67.
Tú eres el cielo y también el nido.

Oh tú hermosa, allí en el nido está tu amor que encierra el alma con colores y sonidos y olores.

Allí viene la mañana con la cesta dorada en su mano derecha llevando la corona de belleza, silenciosamente para coronar la tierra.

Y allí viene la tarde sobre los prados solitarios desiertos de rebaños, a través de senderos sin caminos, llevando frescas bocanadas de paz en su cántaro de oro desde el océano occidental del descanso.

Pero allí, donde se extiende el cielo infinito para que el alma emprenda su vuelo, reina el resplandor blanco e inmaculado. No hay día ni noche, ni forma ni color, y nunca, nunca una palabra.

68.
Tu rayo de sol viene a esta tierra mía con los brazos extendidos y se queda a mi puerta todo el día para llevar a tus pies nubes hechas de mis lágrimas, suspiros y canciones.

Con cariñoso deleite envuelves alrededor de tu pecho estrellado ese manto de nube brumosa, convirtiéndolo en innumerables formas y pliegues y coloreándolo con matices siempre cambiantes.

Es tan ligera y tan fugaz, tierna y desgarradora y oscura, por eso la amas, oh tú, inmaculada y serena. Y por eso puede cubrir tu horrible luz blanca con sus patéticas sombras.

69.
La misma corriente de vida que corre por mis venas noche y día corre por el mundo y baila en compases rítmicos.

Es la misma vida que se dispara en alegría a través del polvo de la tierra en innumerables briznas de hierba y se rompe en tumultuosas olas de hojas y flores.

Es la misma vida que se mece en la cuna oceánica del nacimiento y de la muerte, en flujo y reflujo.

Siento que mis miembros se vuelven gloriosos al contacto con este mundo de vida. Y mi orgullo es de la vida-robo de las edades bailando en mi sangre en este momento.

70.
¿Está más allá de ti alegrarte con la alegría de este ritmo? ser sacudido y perdido y roto en el torbellino de esta alegría temerosa?

Todas las cosas se precipitan, no se detienen, no miran atrás, ningún poder puede detenerlas, se precipitan.

Siguiendo los pasos de esa música rápida e inquieta, las estaciones danzan y desaparecen; los colores, las melodías y los perfumes se derraman en cascadas interminables en la alegría desbordante que se dispersa, se rinde y muere a cada instante.

71.
Que yo haga mucho de mí mismo y lo gire por todos lados, arrojando así sombras de colores sobre tu resplandor, tal es tu maya.

Pones una barrera en tu propio ser y luego llamas a tu yo separado en una miríada de notas. Esta separación de ti mismo ha tomado cuerpo en mí.

La conmovedora canción resuena por todo el cielo en lágrimas y sonrisas multicolores, alarmas y esperanzas; las olas se elevan y se hunden de nuevo, los sueños se rompen y se forman. En mí está tu propia derrota del yo.

Esta pantalla que has levantado está pintada con innumerables figuras con el pincel de la noche y el día. Detrás de ella tu asiento se teje en maravillosos misterios de curvas, desechando todas las estériles líneas de rectitud.

El gran desfile de ti y de mí ha cubierto el cielo. Con la melodía de ti y de mí todo el aire es vibrante, y todas las edades pasan con la ocultación y la búsqueda de ti y de mí.

72.
Él es, el más íntimo, quien despierta mi ser con sus profundos toques ocultos.

Él es quien pone su encanto sobre estos ojos y toca alegremente las cuerdas de mi corazón en variada cadencia de placer y dolor.

Él es quien teje la red de esta maya en evanescentes matices de oro y plata, azul y verde, y deja asomar a través de los pliegues sus pies, a cuyo contacto me olvido de mí mismo.

Los días vienen y las edades pasan, y siempre es él quien mueve mi corazón en muchos nombres, en muchas apariencias, en muchos raptos de alegría y de dolor.

73.
La liberación no está para mí en la renuncia. Siento el abrazo de la libertad en mil lazos de delicia.

Tú siempre derramas para mí el fresco trago de tu vino de diversos colores y fragancias, llenando esta vasija de barro hasta el borde.

Mi mundo encenderá sus cien lámparas diferentes con tu llama y las colocará ante el altar de tu templo.

No, nunca cerraré las puertas de mis sentidos. Las delicias de la vista, el oído y el tacto llevarán tu deleite.

Sí, todas mis ilusiones arderán en iluminación de alegría, y todos mis deseos madurarán en frutos de amor.

74.
El día ya no existe, la sombra está sobre la tierra. Es hora de que vaya al arroyo a llenar mi cántaro.

El aire de la tarde está ansioso con la triste música del agua. Ah, me llama hacia el crepúsculo. En el sendero solitario no hay transeúntes, el viento se levanta, las ondas se alborotan en el río.

No sé si volveré a casa. No sé con quién me encontraré. Allí, en el vado, en la pequeña barca, el hombre desconocido toca su laúd.

75.
Los dones que nos das a los mortales satisfacen todas nuestras necesidades y, sin embargo, vuelven a ti sin disminuir.

El río tiene su trabajo diario que hacer y se apresura a través de campos y aldeas; sin embargo, su incesante corriente serpentea hacia el lavado de tus pies.

La flor endulza el aire con su perfume, pero su último servicio es ofrecerse a ti.

Tu culto no empobrece al mundo.

De las palabras del poeta los hombres toman los significados que les agradan; sin embargo, su último significado apunta a ti.

76.
Día tras día, Señor de mi vida, me presentaré ante tı cara a cara. Con las manos juntas, Señor de todos los mundos, me presentaré ante ti cara a cara.

Bajo tu gran cielo, en soledad y silencio, con humilde corazón me presentaré ante ti cara a cara.

En este laborioso mundo tuyo, tumultuoso por el trabajo y la lucha, entre multitudes apresuradas, me presentaré ante ti cara a cara.

Y cuando mi trabajo haya terminado en este mundo, oh Rey de reyes, solo y sin palabras estaré ante ti cara a cara.

77.
Te conozco como mi Dios y me aparto; no te conozco como mío y me acerco. Te conozco como a mi padre y me postro a tus pies; no te cojo de la mano como a mi amigo.

No me paro donde tú desciendes y te posees como mío, para estrecharte contra mi corazón y tomarte como mi camarada.

Tú eres el Hermano entre mis hermanos, pero no les presto atención, no divido mis ganancias con ellos, compartiéndolo todo contigo.

En el placer y en el dolor no estoy al lado de los hombres, y así estoy a tu lado. Me resisto a entregar mi vida, y así no me zambullo en las grandes aguas de la vida.

78.
Cuando la creación fue nueva y todas las estrellas brillaron en su primer esplendor, los dioses celebraron su asamblea en el cielo y cantaron "¡Oh, la imagen de la perfección! la alegría sin paliativos!".

Pero uno gritó de repente: "Parece que en algún lugar se ha roto la cadena de luz y se ha perdido una de las estrellas".

La cuerda dorada de su arpa se rompió, su canto se detuvo y gritaron consternados: "¡Sí, esa estrella perdida era la mejor, era la gloria de todos los cielos!".

Desde aquel día no se ha cesado de buscarla, y de unos a otros se grita que el mundo ha perdido en ella su única alegría.

Sólo en el más profundo silencio de la noche las estrellas sonríen y susurran entre sí: "¡Vana es esta búsqueda! la perfección inquebrantable está por encima de todo!".

79.
Si no me corresponde encontrarte en esta vida, que sienta siempre que he perdido tu vista; que no lo olvide ni por un momento, que lleve las punzadas de este dolor en mis sueños y en mis horas de vigilia.

Mientras mis días pasan en el abarrotado mercado de este mundo y mis manos se llenan con las ganancias diarias, que siempre sienta que no he ganado nada, que no lo olvide ni por un momento, que lleve los dolores de esta pena en mis sueños y en mis horas de vigilia.

Cuando me siento al borde del camino, cansado y jadeante, cuando extiendo mi lecho bajo el polvo, que sienta siempre que el largo viaje está todavía ante mí; que no lo olvide ni un momento, que lleve las punzadas de esta pena en mis sueños y en mis horas de vigilia.

Cuando mis habitaciones hayan sido adornadas y suenen las flautas y las risas sean ruidosas, que siempre sienta que no te he invitado a mi casa; que no lo olvide ni por un momento, que lleve las punzadas de esta pena en mis sueños y en mis horas de vigilia.

80.
Soy como el resto de una nube de otoño que vaga inútilmente por el cielo, ¡oh mi sol siempre glorioso! Tu toque aún no ha derretido mi vapor, haciéndome uno con tu luz, y así cuento meses y años separado de ti.

Si este es tu deseo y si este es tu juego, entonces toma este fugaz vacío mío, píntalo con colores, dóralo con oro, hazlo flotar en el viento desenfrenado y espárcelo en variadas maravillas.

Y de nuevo, cuando sea tu deseo terminar esta obra por la noche, me derretiré y desapareceré en la oscuridad, o puede ser en una sonrisa de la blanca mañana, en una frescura de pureza transparente.

81.
En muchos días ociosos me he afligido por el tiempo perdido. Pero nunca se pierde, mi señor. Tú has tomado cada momento de mi vida en tus manos.

Oculto en el corazón de las cosas nutres las semillas para que broten, los capullos para que florezcan y las flores maduras para que fructifiquen.

Estaba cansado y dormía en mi lecho ocioso e imaginaba que todo trabajo había cesado. Por la mañana me desperté y encontré mi jardín lleno de maravillas de flores.

82.
El tiempo es infinito en tus manos, mi señor. No hay quien cuente tus minutos.

Los días y las noches pasan y las edades florecen y se marchitan como las flores. Tú sabes esperar.

Tus siglos se suceden perfeccionando una pequeña flor silvestre.

No tenemos tiempo que perder y, al no tenerlo, debemos apresurarnos a buscar una oportunidad. Somos demasiado pobres para llegar tarde.

Y así es como el tiempo pasa mientras yo lo doy a cada querulante que lo reclama, y tu altar está vacío de toda ofrenda hasta el último.

Al final del día me apresuro temeroso de que se cierre tu puerta; pero descubro que aún hay tiempo.

83.
Madre, tejeré una cadena de perlas para tu cuello con mis lágrimas de dolor.

Las estrellas han forjado sus tobilleras de luz para engalanar tus pies, pero las mías colgarán de tu pecho.

Riqueza y fama vienen de ti y a ti te corresponde darlas o retenerlas. Pero este mi dolor es absolutamente mío, y cuando te lo traigo como ofrenda me recompensas con tu gracia.

84.
Es la pena de la separación la que se extiende por el mundo y da nacimiento a formas innumerables en el cielo infinito.

Es este dolor de separación el que mira en silencio todas las noches de estrella en estrella y se vuelve lírico entre hojas que susurran en la lluviosa oscuridad de julio.

Es este dolor desbordante el que se ahonda en amores y deseos, en sufrimientos y alegrías en los hogares humanos; y esto es lo que siempre se funde y fluye en canciones por el corazón de mi poeta.

85.
Cuando los guerreros salieron los primeros de la sala de su señor, ¿dónde habían escondido su poder? ¿Dónde estaban sus armaduras y sus armas?

Parecían pobres e indefensos, y las flechas llovieron sobre ellos el día en que salieron de la sala de su señor.

Cuando los guerreros marcharon de nuevo a la sala de su señor, ¿dónde escondieron su poder?

Habían dejado caer la espada y el arco y la flecha; la paz estaba en sus frentes, y habían dejado atrás los frutos de su vida el día en que marcharon de nuevo a la sala de su amo.

86.
La muerte, tu sierva, está a mi puerta. Ha cruzado el mar desconocido y ha traído tu llamada a mi hogar.

La noche es oscura y mi corazón está temeroso; sin embargo, tomaré la lámpara, abriré mis puertas y le daré la bienvenida. Es tu mensajero quien está a mi puerta.

Le adoraré poniendo a sus pies el tesoro de mi corazón.

Volverá con su recado cumplido, dejando una sombra oscura en mi mañana; y en mi desolado hogar sólo quedará mi yo desamparado como mi última ofrenda a ti.

87.
Con desesperada esperanza voy y la busco por todos los rincones de mi habitación; no la encuentro.

Mi casa es pequeña y lo que una vez se ha ido de ella nunca se puede recuperar.

Pero infinita es tu mansión, mi señor, y buscándola he de llegar a tu puerta.

Estoy bajo el dosel dorado de tu cielo vespertino y alzo mis ojos ansiosos hacia tu rostro.

He llegado al borde de la eternidad de la que nada puede desvanecerse: ni la esperanza, ni la felicidad, ni la visión de un rostro visto a través de las lágrimas.

Oh, sumerge mi vida vacía en ese océano, sumérgela en la más profunda plenitud. Déjame por una vez sentir ese dulce toque perdido en la totalidad del universo.

88.

¡Deidad del templo en ruinas! Las cuerdas rotas de Vina ya no cantan tu alabanza. Las campanas de la tarde no proclaman tu hora de adoración. El aire está quieto y silencioso a tu alrededor.

A tu desolada morada llega la vagabunda brisa primaveral. Trae noticias de flores, las flores que ya no se ofrecen a tu culto.

Tu adorador de antaño vaga siempre anhelando el favor que aún se le niega. Al atardecer, cuando los fuegos y las sombras se mezclan con la penumbra del polvo, regresa cansado al templo en ruinas con hambre en el corazón.

Muchos días de fiesta llegan a ti en silencio, deidad del templo en ruinas. Muchas noches de adoración se van con la lámpara apagada.

Muchas imágenes nuevas son construidas por maestros del arte astuto y llevadas a la corriente sagrada del olvido cuando llega su hora.

Sólo la deidad del templo en ruinas permanece sin adorar en la negligencia inmortal.

89.
No más palabras ruidosas y fuertes de mi parte, tal es la voluntad de mi maestro. De ahora en adelante hablaré en susurros. El discurso de mi corazón se llevará a cabo en murmullos de una canción.

Los hombres se apresuran al mercado del Rey. Todos los compradores y vendedores están allí. Pero yo tengo mi inoportuna licencia en pleno día, en la espesura del trabajo.

Que salgan entonces las flores de mi jardín, aunque no sea su hora; y que las abejas del mediodía empiecen su perezoso zumbido.

Muchas horas he pasado en la lucha del bien y del mal, pero ahora es el placer de mi compañero de juegos de los días vacíos atraer mi corazón hacia él; ¡y no sé por qué es esta llamada repentina a qué inconsecuencia inútil!

90.
El día en que la muerte llame a tu puerta, ¿qué le ofrecerás?

Oh, pondré ante mi huésped el vaso lleno de mi vida; nunca dejaré que se vaya con las manos vacías.

Toda la dulce cosecha de mis días de otoño y de mis noches de verano, todas las ganancias y los frutos de mi ajetreada vida pondré ante él al final de mis días, cuando la muerte llame a mi puerta.

91. ¡Oh tú, último cumplimiento de la vida, Muerte, muerte mía, ven y susúrrame!

Día tras día he velado por ti; por ti he soportado las alegrías y los dolores de la vida.

Todo lo que soy, lo que tengo, lo que espero y todo mi amor han fluido siempre hacia ti en profundo secreto. Una última mirada de tus ojos y mi vida será siempre tuya.

Las flores han sido tejidas y la guirnalda está lista para el novio. Después de la boda, la novia abandonará su hogar y se reunirá con su señor a solas en la soledad de la noche.

92.
Sé que llegará el día en que perderé de vista esta tierra, y la vida se despedirá en silencio, corriendo la última cortina sobre mis ojos.

Sin embargo, las estrellas velarán la noche, y la mañana se levantará como antes, y las horas se agitarán como las olas del mar arrojando placeres y dolores.

Cuando pienso en este final de mis momentos, la barrera de los momentos se rompe y veo a la luz de la muerte tu mundo con sus tesoros descuidados. Raro es su más bajo asiento, rara su más mezquina vida.

Cosas que anhelé en vano y cosas que obtuve: déjalas pasar. Déjame poseer de verdad las cosas que alguna vez desdeñé y pasé por alto.

93.
Tengo mi permiso. Despedíos de mí, hermanos míos. Me inclino ante todos vosotros y parto.

Aquí devuelvo las llaves de mi puerta, y renuncio a todo derecho sobre mi casa. Sólo os pido unas últimas palabras amables.

Fuimos vecinos durante mucho tiempo, pero recibí más de lo que podía dar. Ahora ha amanecido y la lámpara que iluminaba mi oscuro rincón se ha apagado. Ha llegado una citación y estoy listo para mi viaje.

94.
En este momento de mi despedida, ¡deseadme buena suerte, amigos míos! El cielo está enrojecido por el alba y mi camino es hermoso.

No preguntéis lo que llevo conmigo. Comienzo mi viaje con las manos vacías y el corazón expectante.

Me pondré mi guirnalda nupcial. El mío no es el vestido marrón rojizo del viajero, y aunque hay peligros en el camino no tengo miedo en mente.

La estrella de la tarde saldrá cuando mi viaje haya terminado y las quejumbrosas notas de las melodías crepusculares sean entonadas desde la puerta del Rey.

95.
No fui consciente del momento en que crucé por primera vez el umbral de esta vida.

¡Cuál fue el poder que me hizo abrirme a este vasto misterio como un brote en el bosque a medianoche!

Cuando por la mañana miré la luz sentí en un instante que no era un extraño en este mundo, que lo inescrutable sin nombre ni forma me había acogido en sus brazos en la forma de mi propia madre.

Aun así, en la muerte aparecerá la misma desconocida que siempre me ha sido conocida. Y porque amo esta vida, sé que amaré también la muerte.

El niño llora cuando del seno derecho la madre se lo quita, para en el instante siguiente encontrar en el izquierdo su consuelo.

96.
Cuando me vaya de aquí, que ésta sea mi palabra de despedida: que lo que he visto es insuperable.

He saboreado la miel oculta de este loto que se expande en el océano de luz, y así he sido bendecido - que ésta sea mi palabra de despedida.

En esta casa de juegos de formas infinitas he tenido mi juego y aquí he visto al que no tiene forma.

Mi cuerpo entero y mis miembros se han estremecido con su tacto que está más allá del tacto; y si el fin viene aquí, que venga - que ésta sea mi palabra de despedida.

97.
Cuando mi juego era contigo nunca me pregunté quién eras. No conocía la timidez ni el miedo, mi vida era bulliciosa.

Por la mañana temprano me llamabas de mi sueño como a mi propio camarada y me llevabas corriendo de claro en claro.

En aquellos días no me importaba saber el significado de las canciones que me cantabas. Sólo mi voz entonaba las melodías, y mi corazón bailaba en su cadencia.

Ahora, cuando el recreo ha terminado, ¿qué es esta súbita visión que me llega? El mundo, con los ojos fijos en tus pies, se asombra con todas sus estrellas silenciosas.

98.
Te adornaré con trofeos, guirnaldas de mi derrota. Nunca podré escapar sin ser vencido.

Ciertamente sé que mi orgullo se derrumbará, que mi vida romperá sus lazos con gran dolor, y que mi corazón vacío sollozará en música como una caña hueca, y que la piedra se derretirá en lágrimas.

Sé con certeza que los cien pétalos de un loto no permanecerán cerrados para siempre y el secreto recoveco de su miel quedará al descubierto.

Desde el cielo azul un ojo me mirará y me convocará en silencio. Nada quedará para mí, nada en absoluto, y la muerte absoluta recibiré a tus pies.

99.
Cuando entregue el timón sabré que ha llegado el momento de que tú lo tomes. Lo que haya que hacer se hará al instante. Vana es esta lucha.

Entonces retira tus manos y soporta en silencio tu derrota, corazón mío, y piensa que es tu buena fortuna sentarte perfectamente quieto donde estás colocado.

Estas mis lámparas se apagan con cada pequeña ráfaga de viento, y tratando de encenderlas olvido todo lo demás una y otra vez.

Pero esta vez seré prudente y esperaré en la oscuridad, extendiendo mi estera en el suelo; y cuando os plazca, mi señor, venid silenciosamente y tomad asiento aquí.

100.
Me sumerjo en la profundidad del océano de las formas, esperando obtener la perla perfecta de lo informe.

Ya no navego de puerto en puerto con este mi barco curtido. Ya han pasado los días en que mi deporte era ser zarandeado por las olas.

Y ahora estoy ansioso por morir en lo inmortal.

En la sala de audiencias junto al abismo insondable donde se hincha la música de cuerdas sin tono llevaré esta arpa de mi vida.

La afinaré con las notas de la eternidad, y cuando haya sollozado su última expresión, depositaré mi arpa silenciosa a los pies del silencio.

101.
Siempre en mi vida te he buscado con mis canciones. Fueron ellas las que me llevaron de puerta en puerta, y con ellas he palpado a mi alrededor, buscando y tocando mi mundo.

Fueron mis canciones las que me enseñaron todas las lecciones que alguna vez aprendí; me mostraron caminos secretos, trajeron ante mi vista muchas estrellas en el horizonte de mi corazón.

Me guiaron durante todo el día a los misterios del país del placer y del dolor, y, al fin, ¿a qué puerta de palacio me han llevado al atardecer, al final de mi viaje?

102.
Me jactaba entre los hombres de haberte conocido. Ven tus imágenes en todas mis obras. Vienen y me preguntan: "¿Quién es?". No sé cómo responderles. Digo: "En verdad, no puedo decirlo". Me culpan y se van con desprecio. Y tú estás ahí sentado sonriendo.

Pongo mis cuentos sobre ti en canciones duraderas. El secreto brota de mi corazón. Vienen y me preguntan: "Cuéntame todos tus significados". No sé cómo responderles. Digo: "¡Ah, quién sabe lo que significan!". Sonríen y se van con total desprecio. Y tú te sientas allí sonriendo.

103.
En una salutación a ti, Dios mío, que todos mis sentidos se extiendan y toquen este mundo a tus pies.

Como una nube de lluvia de julio colgada con su carga de lluvias no derramadas, deja que toda mi mente se incline a tu puerta en una salutación a ti.

Que todos mis cantos reúnan sus diversos acordes en una sola corriente y fluyan hacia un mar de silencio en una sola salutación a ti.

Como una bandada de grullas nostálgicas que vuelan día y noche de regreso a sus nidos en las montañas, que toda mi vida emprenda su viaje hacia su hogar eterno en un solo saludo a ti.

www.ingramcontent.com/pod-product-compliance
Ingram Content Group UK Ltd.
Pitfield, Milton Keynes, MK11 3LW, UK
UKHW021410190726
13845UKWH00028B/995

9 789348 535085